رواية

سلطان المدينة

السلطان والساحرة

الحب النادر المفقود

د. جُمان الريحاني

AF435910

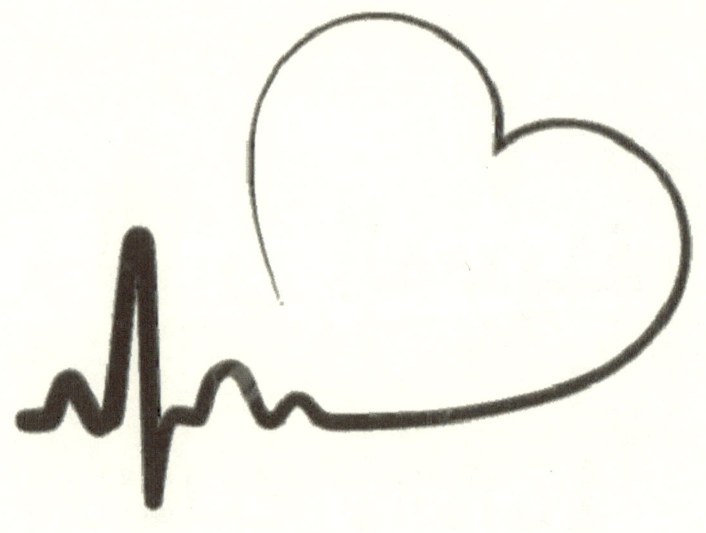

إهداء..

إهداء إلى سلطان المدينة

إهداء إلى الحب النادر المفقود

إهداء إلى القلوب النادرة النقية التي لازالت تبحث عن
الحب النادر المفقود

إهداء إلى سلطان المدينة

إهداء إلى سلطان الذي أمن بالحب وجعل حبيبته تعلم بأن
الحب لازال موجود

إهداء إلى عشاق الحب النادر وقصص الحب النادرة

إلى كل من يحمل هذه الجوهرة بين يديه

الروايات ألماس وجواهر

جمان الريحاني

كان يا ما كان في قديم الزمان في قديم قديم الزمان فتاة جميلة بل فاتنة الجمال كانت تؤمن بالحب في زمن لم يعد للحب وجود كبير ولكنها كانت لا تزال تؤمن به رغم كل شيء.

كانت الفتاة بعيون عسلية وشعر أشقر طويل ولكنها كانت لا تحب الظهور للعلن كثيرا بل كانت تعيش في برجها العاجي لوحدها.

لم يكن لديها إلا والد يعتني بها وبأخيها الصغير فقد كان لديها أخ صغير يتيم هو من والدة وهي من والدة.

كانت الفتاة نانوس فتاة حساسة وشاعرية وقد كان لديها سرب من الحمام يعيش على سقف بيتها.

وكانت تجيد نظم الشعر ولديها إحساس رائع في أبياتها الشعرية التي تعبر فيها عن الحب النادر المفقود في ذلك الزمن كما تقول هي.

ولشدة جمالها كانت كلما خرجت من بيتها ورآها الناس تهافتوا على بيتها لطلب يدها للزواج من والدها الذي رغم انه كان يريد بشدة أن يزوجها ولكنه كان قد قطع يمينا بعد وفاة والدتها بأن لا يرغمها على الزواج أبدا.

ولكن رغم ذلك كان ينصحها وكان يريد أن يزوجها قبل أن يغادر هذه الحياة لأنه كان يؤمن بأن الزواج هو استقرار للفتاة والزوج حماية لها وخاصة أن كان زوجا صالحا.

وبالرغم من كل محاولاته ولكنه لم يفلح في إقناعها لا بالغني ولا بالفقير لا بالشهم ولا بالشجاع لا بالكريم ولا بالفارس.

كان لابنته نانوس حلم بأن تلتقي بشخص نادر الوجود يحمل الحب لها في قلبه، رجل يحبها فعلا، رجل مميز ليس له مثيل في كل المملكة ولا حتى المملكات القريبة، رجل خلق من أجلها وسوف يجدها بفعل القدر .

وفي يوم بعد غروب الشمس سهرت نانوس في شرفتها الغربية وهي تراقب السماء وتنتظر ظهور النجوم ولكنها رأت شيئا غريبا في السماء جذب انتباهها.

لقد رأت شهابا يمر من هناك وقد كانت في تلك اللحظة تنظم بيت شعر عن الحب النادر المفقود.

ولكن لغريب لم يكن الشهاب نفسه بل كان أمنيتها الموجودة في بيت الشعر والتي كلما كررتها لكي تتحقق كان الشهاب يخلق من جديد وكأنه مشهد يكرر

نفسه حتى لاحظت ذلك فأعادت قول بيت الشعر فظهر الشهاب من جديد وكأنه يولد في كل مرة تنطق بيت الشعر بشفاهها الوردية.

يا حبي النادر المفقود

ألا إن كان الحب النادر المفقود حقا موجود

ألا إنني أبحث عنك بين الكائنات وكل الوجود

أنا هنا لك نذر منذور

قلبي مليء بالحب لك كريم ويجود

انتظرك لعشرة سنوات أو أكثر بعهود

أقسم بقسم ووعود

إن كنت موجود

أيها الحب النادر المفقود

سوف أنتظرك رغما عن كل الوجود

سوف انتظرك حتى أصبح هباء منثور

أو ادخل القبور

ولن أعيش لغيرك حاسدا كان أو محسود

أنا لك

يا حبي النادر المفقود

كررت نانوس تلك القصيدة كل الليل والشهاب ويولد
في كل مرة تعيد فيها قول القصيدة وهذا ما أغراها
وجعلها تمضي كل ليتها هكذا حتى طلع الفجر.

استيقظت الحمامات وجاءت إحداهن وجلست بجانب
نانوس تحوم حوليها وكأنها تكلمها وتناقشها في أمر
ما.

كانت الحمامة غريبة وقد كانت ترفرف بجناحيها،
ولكنها لا تنطلق عاليا.

كانت نانوس بعيونها العسلية الناعسة جراء ليلة من السهر مع الشهاب المتجدد الولادة تنظر إلى الحمامة التي كانت اعز حمامة على قلبها وتسألها ما بها.

وفجأة خطرت ببالها فكرة وأخذت ورقة وريشة كانت على الطاولة أمامها لأنها متعودة على نظم الشعر ثم تدوينه، وكتبت قصيدة الحب النادر المفقود على ورقة صغيرة ثم جعلتها بشكل لولبي وربطتها على رجل حمامتها التي لم تصدق خبرا حتى رفرفت بجناحيها وطارت عاليا.

مر يوم بالكامل ولم تعد الحمامة، وقد استغرقت نانوس في النوم جراء ليلة كاملة من السهر وعندما استيقظت تذكرت حمامتها التي كانت تتصرف بطريقة غريبة فخرجت إلى الشرفة ولم تجدها ثم صعدت إلى سطح البيت ولم تجدها.

وبعد ذلك نزلت إلى الطابق الأسفل وسألت والدها عنها ولكنه لم يكن يعلم شيئا بل ورد عليها وقال بأنها سوف تعود حتما فالحمام حتى وان ابتعد يعود دائما إلى بيته.

بقيت نانوس مشغولة البال طوال الأمسية ولكن الحمامة لم تعد وقد عاد بقية الحمام ليقضي الليل في بيته كما هو متعود وكما يفعل بالعادة.

قضت نانوس ليلتها وهي قلقة على حمامتها العزيزة والتي تحبها أكثر شيء.

وبعد مرور ثلاثة ليالي حتى في صباح اليوم الرابع استيقظت نانوس على صوت حماتها وهي تدق زجاج النافذة لأنه في تلك الليلة كان الجو باردا بعض الشيء فقامت نانوس بغلق نافذتها.

عادت الحمامة في الصباح الباكر يبدو أنها قد غادر من المكان الذي كانت فيه فجرا ويبدو أن المكان لم يكن بعيدا جدا فهذا ما استنتجته نانوس.

سعدت نانوس جدا بحمامتها فهرت إلى النافذة فتحتها وأخذت الحمامة بين ذراعيها فكادت تخنقها وهي تقول لها لقد عدت يا حبيبتي.

لاحظت نانوس بأن الحمامة يبدو من شكلها أن تعرضت لمكروه وقد تمت معالجتها وتماثلت للشفاء وقد فقدت بعض الريش من جناحها الأيسر.

ثم عندما نظرت إلى رجلها التي كانت قد ربطت القصيدة عليها وجدت شيئا صغيرا معلقا هناك.

لم يكن ذلك الشيء هو نفسه رسالتها إلى القدر التي كتبت عليها قصيدة الحب النادر المفقود المكتوبة على ورق بني اللون بل كان على رجل الحمامة قطعة قماش سوداء اللون حريرية محكمة التعليق على رجل الحمامة.

فتحتها بعناية لتتفاجأ بما وجدته بداخلها.

لقد وجدت قطعة زجاج صغيرة تلمع، كانت تلمع بشدة وكأنها قطعة ألماس حقيقية.

لم تصدق نانوس ما وجدته في قطعة القماش تلك.

أسرعت إلى الطابق الأسفل وأظهرت ما وجدت لوالدها وقصت عليها كل ما حدث معها وأخبرته بصدق عن كل شيء.

أخبرها والدها الذي تفاجأ لأنه عرف بأن قطعة الألماس تلك هي حقا حجر كريم صاف وأخبرها بأن هذا ربما يكون إجابة من القدر على قصيدتها التي أرسلتها.

واخبرها بأن تخبئ الألماسة وان لا تخبر أحدا بما حدث معها.

بالرغم من أن الألماسة كانت لتأتي لهم بثروة جراء بيعها ولكن والدها طلب منها أن تحتفظ بها لأنها تعني لها قيمة معنوية فهي تعتبر قيمة قصيدة نظمتها بقلبها ومشاعرها وأرسلتها إلى المجهول.

عادت نانوس إلى غرفتها وأخرجت صندوق المجوهرات الذي ورثته عن والدتها والذي لم يكن فيه الكثير فقط عهد وخاتم زواج والدتها، ووضعت الألماسة فيه وأيضا قطعة القماش احتفظت بها.

كانت نانوس معجبة بما حدث معها والذي اعتبرته حدث غريب وكأن القدر يخاطبها فما حدث ليلة رؤية الشهاب غريب وما حدث مع الحمامة أيضا غريب.

فكانت كل حين وحين تفتح الصندوق لتتأكد بأن ذلك الأمير الغريب الذي حدث هو حقيقة وليس مجرد تخيل.

خرجت للشرفة كثيرا وحاورت حمامتها كثيرا وسألتها أين قضت تلك الليالي الثلاث.

وماذا حدث معها بالضبط.

كيف أصيبت ومن عالجها.

من أخذ منها القصيدة.

ومن ربط على رجلها الألماسة.

كانت مظاهر السعادة بادية على الحمامة وكأنها تعكس السعادة الواضحة على وجه نزيهة وهي تكلمها.

شعرت نانوس بمشاعر قوية جعلتها لا تتوقف عن الكتابة لكي تعبر عما بداخلها فكتبت وقالت:

أيها القدر العجيب

أيها القدر العجيب.

إن كنت تسمع ندائي فهل أنت الحبيب؟

هل تؤمن بالحب مثلي؟ هلا تجيب؟.

أليس على قلبك حسيب أو رقيب؟.

ألم يمتلك قلبك بعيد أو قريب؟.

هل تؤمن بالقدر العجيب؟.

يا قدر الحب أيها المجيب.

يا من أجبت ندائي بحجر لبيب.

أنت الجوهر وربما تصبح الحبيب.

أني في حيرة فلا تغيب.

انتظر جوابك على نار ولهيب.

فربما تكون الصاحب والحبيب.

ربما، لما لا وأنت غريب قريب.

وربما في غيب القدر أنت مكتوب ونصيب.

هلا تجيب يا قدري العجيب؟.

لم تضع نانوس الريشة من يدها حتى أصبحت الحمامة الجميلة تحوم حوليها وترفرف جناحيها وكأنها تطلب منها أن تعطيها تلك القصيدة الجديدة، لقد كانت تكرر ما فعلته سابقا وبنفس الطريقة مما جعل نانوس تفهم عليها وتفعل ما ظنت بأن الحمامة تطلبه منها.

لم تصدق الحمامة خبرا حتى رفعت جناحيها وحلقت بعيدا وطارت مع الريح.

طارت الحمامة قبل الغروب بقليل، ونانوس كانت ترفع عينها للسماء العالية تنظر إلى حمامتها المسافرة

إلى المجهول ولكنه مكان معلوم بالنسبة للحمامة الشجاعة والتي كانت بالتأكيد تحب ذلك المكان الذي أصبحت تقصده.

وفي صباح اليوم الموالي استيقظت نانوس على صوت الحمامة التي على ما يبدو أنها عادت فجرا.

استيقظت نانوس وأسرعت إلى الحمامة لكي تتأكد من أن يكون أحد قد أخذ منها الرسالة، فتفاجأت بما وجدت.

لقد كانت نانوس تتساءل ما إذا كان الذي أسمته القدر ذلك الذي يؤمن بالحب النادر المفقود قد وجد الحمامة أو وجدته الحمامة وما إذا كان قد استلم رسالتها فقصيدتها هذه المرة كانت أقرب للرسالة لأنها كانت تطرح فيها بعض التساؤلات.

لقد وجدت نانوس قطعة قماش حريرية تشبه قطعة القماش السابقة ولكن هذه كان لونها أحمر، فصلتها عن رجل الحمامة وفتحتها لتجد أن بداخلها ألماسة أخرى، بنفس لمعان الألماسة السابقة ونفس حجمها التي لم تكن كبيرة لتحملها الحمامة ولا صغيرة.

أسرعت لوالدها الذي اعتبر بأن هذه من صنع القدر لكي يفرح قلب ابنته الصغيرة ولكي تسعد وهو لم يكن يطلب من السماء إلا سعادة ولديه.

طلب من ابنته التي كانت السعادة تشع من وجهها وعينيها أن تحتفظ بالأحجار بشكل جيد و أن تعتني بهما لأنهما يعتبرا كنز بالنسبة لها وخاصة بالنسبة للطريقة التي تحصلت عليهما بها.

أسرعت نانوس إلى غرفتها وهي سعيدة جدا والحمامة كانت في الشرفة تأكل بعض الحبوب ولكنها نانوس لم تكن تصدق كلما يحصل معها.

وضعت الألماسة مع سابقتها في الصندوق واحتفظت بقطعة القماش الحمراء التي اعتبرت لونها إجابة عن سؤالها وبأن من يحصل على قصائدها يجيب عن سؤالها باللون الأحمر.

أي أن له ميولا تجاهها.

كانت تعلم في قلبها بأن من يتلقى رسائلها هو رجل وبأنه لا يريد أن يظهر هويته لذا هو لا يكتب لها بالمقابل.

ولكن هذا لم يكن عائقا أمامها بل كانت مصرة على التواصل معه أكثر فأخذت رشتها والورقة وراحت تعبر وتكتب وتنظم وتفكر فيما يجب قوله هذه المرة.

كانت الحمامة غير بعيدة تسمع وقع الريشة على الورق وقد أصبحت تعرف عندما تضع نانوس الريشة على الطاولة بأنها أكلمت الرسالة وجاء دولها لإيصالها.

كتبت نانوس وقالت:

من أنت؟

لا اعرف من أنت

ولا تعرف من أنا

ولكن القدر قد جمعها

إنه القدر يا عزيزي

يرى القدر ما نراه

ويعلم ما لا نعلمه

لقد اختارنا القدر لبعضنا

اكتب لك مع الغروب

وترسل لي فجرا قبل الشروق

وكأنها الشمس رسولا بيننا

وحمامتي هي نورها

أشعة تحمي حبنا

وحرارة الشمس تحافظ على دفء علاقتنا

أيهما المجهول

يا اقرب من الوريد لي

أصبحت تعنيني

وكان كل أهلي ومالي

وكأنك كلما لي

كأنك كل آمالي

يا حلمي الغالي

أيها الغالي أنت تعني الكثير لي

أعرف أنك رجل

وأنت كل الرجال بالنسبة لي

أنا لك

فهل أنت لي؟

لم تكن نانوس تكتب بسرعة بل كانت أحيانا تبقى أياما
أو يما بالكامل لكي تكتب فقط شطرا واحدا.

ولكنها هذه الأيام أصبحت تكتب بسرعة وشهية،
وكأنها مقبلة على الشعر والقصائد، مقبلة على الحياة
بشهية.

لم تصبح تقضي وقتا كبيرا في الكتابة بل هي يوم و
أحد لتنظم قصيدة بالكامل

علمت الحمامة بطريقة أو بأخرى بأن نانوس قد أكلمت
قصيدتها وحاول وقت السفر، فتقدمت من نانوس وهي

تمشي على الأرض لا طائرة بجناحيها، وقفزت باتجاه الطاولة وكأنها تطلب من نانوس أن تسرع وتعلق الرسالة على رجلها قبل أن تغيب الشمس بالكامل ولن تستطيع في تلك الحالة الوصول إلى وجهتها.

كانت نانوس تقف في شرفتها تنظر إلى حمامتها التي تطير عاليا في السماء فكانت تفوق حتى قصر السلطان علوا وقد كان يظهر قصر سلطان المدينة من شرفتها وهو على أعلى منطقة بالمملكة ويمكن لكل الشعب والعامة رؤيته بوضوح داخل بيوتهم أو حتى خارجها في الحقول والمزارع.

كانت نانوس تشعر ببعض الفضول لمعرفة من يستلم قصائدها ويعاملها بتلك الطريقة الغريبة.

طريقة تعامله غريبة ولكنها جميلة، غامضة ولكنها لذيذة، مبهمة وشيقة، تجلب السعادة وتشعر بالفضول اللذيذ.

وقد تعلقت نانوس بهذا الرجل الذي أصبح رجل حياتها وكل ما يعني لها من قلب وحب ومشاعر.

وكالعادة عادت إليها حمامتها مع فجر اليوم الموالي وقد أصبح تحمل لها جوابا على رسائلها وقصائدها كل فجر من عند الحبيب.

لقد تعلق قلب نانوس بالفجر وحمامة الفجر التي توصل الرسائل وأصبح الفجر بالنسبة لها التوقيت الذي ينبض فيه قلبها بالحب لرجل مجهول.

رجل أصبح يعني لها قلبها ونبضاته رجل أصبحت تعتبره كل حياتها.

كانت نانوس ترى بأن هذا الرجل نقي كالفجر جميل كنسيم الفجر رقيق وشاعري، شفاف وجذاب بكل الطريق الواضحة لتعامله والمبهمة عن هويته الحقيقة.

وجدت نانوس في رجل حماتها قماش صغيرة حريرية صفراء اللون وبها ألماسة لماعة كالعادة.

فتحت صندوقها ووضعت الألماسة فيه واحتفظت بقطعة القماش التي كانت تضاهي قيمة الألماسة المعنوية بالنسبة لها.

فنانوس لم تكن جائعة للمال لا هي ولا والدها ولم تكن لتبهرها الأموال والجواهر ولكنها كانت تحب قطع الألماس تلك التي تحمل لها الحب معها، مع كل فجر جديد.

وهكذا أصبح بالنسبة لنانوس كتابة الرسائل والقصائد كل يوم قبل الغروب عادة لكي تربطها على رجل حماتها كل يوم بانتظام لتعود لها الحمامة برسالة من حبيبها كل فجر جديد.

لقد أصبح توقيت الفجر بالنسبة لنانوس توقيت سعيد لأنه يربطها بحبيبها الذي لا تعرف عنه الكثير ولكن رغم ذلك قلبها تعلق به بشرط ولا قيد.

أنها تحبه بكل صدق ونقاء، تحبه وهي لا تعرف شكله ولا تفاصيل وجهه، لا تعرف عنه شيئا ولكنها تسميه حبيبها، ونذرت له قلبها ومستعدة لكي تقدم له كل عمرها.

مرت الأيام و نانوس تراسل حبيبها كل يوم وهو يرسل لها كل فجر رسالة تحمل لها ألماسة لماعة فتسمع منه الكثير دون أن يكتب لها أو ينطق بكلمة واحدة.

لقد كانت اتصالاته بها كلها كأنها جواهر حقيقية نادرة، فهو الحب النادر المفقود الذي وجدته بالصدفة.

مرت تسعة وأربعون يوما وليلة أرسلت فيها نانوس تسعة وأربعون قصيدة وأرسلها لها رجل الفجر تسعة وأربعون رسالة مع تسعة وأربعون فجرا تحمل لها

جوهرة ثمينة ألماسة صغيرة تجعل قلبها يخفق بالحب
له أكثر وتتعلق به أكثر.

وفي القصيدة الخمسون كتبت نانوس:

حبك في قلبي كل يوم يزيد

يا من ملكت قلبي وروحي

يا كل كياني

أيها الزائر مع كل فجر جديد

أيها الفجر البهيج السعيد

الذي يحمل الحب لقلبي من قريب أو بعيد

يا أقرب من حبل الوريد

ملكتني روحا وجسدا وحبي لك مع كل فجر يزيد

ملكتني بالأمس

تمتلكني اليوم

وفي الغد أنا لك بالتأكيد

لا اعرف من أنت ولا أين أنت بالتحديد

ولكن قلبي ينبض لك مع كل نبض بحب جديد

حبك في قلبي كل يوم يزيد

يا سيدي وسيد الناس

إن كنت أنت كنت حلما فأنت حلم

وان كنت حقيقة

أرى انك رجل بحياتي

أنت رجل وأنت كل الرجال بالنسبة لي

عندما أرسلت نانوس هذه القصيدة مع الغروب مع حمامتها الوفية لم تعد الحمامة في اليوم الموالي، وقد قضت نانوس ليلتها على الشرفة في شوق لعودة حمامتها.

لم يغمض لها جفن ولم تغمض عيونها وهي تنتظر الفجر الموعود وهي كلها أمل في أن تحصل على جواب لتساؤلاتها وان تعرف من وراء كل الأحجار الكريمة تلك.

يبدو أن الشخص الذي يرسلها هو شخص ثري ولكنه يتمتع بإحساس مرهف.

لما يخفي نفسه هل يوجد مانع من ظهوره أو ما هو السبب يا ترى.

لم تعد الحمامة وبعد مرور ثلاثة أيام عادت بينما نانوس نائمة ولما فتحت لها النافذة وجدت الحمامة التي تغيبت ثلاثة أيام كعادتها تحمل قطعة قماش وردية وبداخلها الماسة مختلفة هذه المرة.

لقد كانت قطعة الألماس منحوتة ومصقولة في الوسط حمراء وفي الجوانب بيضاء كأنها ياقوت مع ألماس ولكنها كانت حجر و أحد وليس حجر ياقوت بين فصوص ألماسية مثلا.

أخذت الحجر إلى والدها لكي يرى جماله ومدى غرابته وبينما هي تتكلم مع والدها حتى دق الباب رجل.

عندما فتح الوالد الباب وجد بأنه رجل من حراس القصر يتوجه بدعوة إلى الرجل وابنته لحضور حفل في قصر سلطان المدينة.

استغرب الرجل وابنته كثيرا من أن تتم دعوتهم لحفل في قصر سلطان المدينة الذي لا يدخله إلا الوجهاء والأثرياء.

رغم أن المفاجأة قد كانت جميلة إلا أن ذلك لم يمنع والد نانوس عن الاستفسار حول السبب الذي يجعل القصر يوجه إليه وابنته دعوة للحفلة مع أنهم من العامة من الشعب.

اخبره الحارس بأنه في الحقيقة لا يعلم حقيقة الموضوع فهو يتبع الأوامر التي تعطى له بدون أن يسأل عنها ولكنه عندما هم بالمغادرة اخبره بأنه سمع في أرجاء القصر بأن سلطان المدينة يقيم هذه الحفلة على شرف والدته.

وهو يريد أن يهديها أجمل القصائد الشعرية بمناسبة عيد ميلادها لذا هو مهتم بدعوة كل من يجيد كتابة الشعر ونظم القصائد الشعرية ومن المعروف عن ابنتك بأنها تجيد قول الشعر.

شعر الوالد بالفخر لأن صيت ابنته قد وصل إلى قصر السلطان وأن سلطان المدينة قد سمع بها وربما سمع شيئا من شعرها.

في المساء استعد الوالد وابنته الجميلة نانوس وسارعوا
إلى قصر سلطان المدينة.

كان القصر على عكس المدينة الهادئة التي مر بها
الوالد وابنته نانوس بينما القصر كان يعج بالنشاط
والحيوية.

كان المدعوون يتهافتون على بوابة القصر ومن
الواضح من مركباتهم وعرباتهم أنهم وجهاء وأثرياء
المملكة على عكس نانوس ووالدها اللذان يستقلان
عربة فقيرة يجرها حصان هزيل.

استحت نانوس من أن يكون مظهرها غير لائق رغم أنها اختارت أفضل الثياب التي لديها ولكنها كانت خائفة من أن تبدو بشكل لا يضاهي جمال السيدات في الحفلة ولكنها كانت تفوقهن جميعا جمالا فقد كان جمالها يتفوق على الجميع بوجهها المضيء وعيونها اللامعة وشعرها الذهبي الطويل.

كان جمالها لا يتنافس ولا يتفوق عليه مجرد فستان أو جواهر تضعها إحداهن.

وبعد تقديم الضيافة وبعض الرقص والتمتع بالرقص والفعاليات و نانوس تتمتع بالمنظر هي ووالدها الذي لم يستطع أن يندمج وسط الحضور لأنهم كانوا أعلى منه مستوى ولا يحبون الاختلاط بمن هو في مكانة متدنية عنهم.

في لحظة تم الإعلان عن خروج سلطان المدينة ووالدته ورحب بهما الجميع.

تفاجأت نانوس بسلطان المدينة الذي اتضح بأنه شاب وليس شيخ كما كانت تعتقد.

أما بالنسبة للسلطان فقد كان يعرف كل الحضور شخصا شخصا لأنهم المدعويين الذين تعودوا على ارتياد القصر وحضور كل المناسبات التي تجرى في القصر.

وبعد أن ألقى التحية على البعض توجه إلى نانوس ووالدها ورحب بهما رمق نانوس بنظرة تحكي الكثير لم تفهمها هي وغارت منها كل المدعوات.

اخبر الحضور بأنه دعا نانوس والبعض منهم لأجل انه يريد منهم قصيدة لأجل والدته بمناسبة عيد مولدها.

والدته كانت تنظر لنانوس وتبتسم ابتسامة لطيفة.

بعد أن قدمت نانوس التحية والاحترام للوالدة قالت:

انه لشرف لي يا مولاتي بأن أقدم لك كلماتي المتواضعات ولشرف أكبر أن تقبليها مني .

وانحنت احتراما.

أعجبت والدة السلطان بتهذيب الفتاة وإضافة إلى جمالها الواضح.

ثم التفت السلطان وقال لهم بأنه وضع جائزة لمن ينجح في مسابقة لأفضل قصيدة.

والمسابقة موجهة فقط للفتيات .

التي ينظمن الشعر من الحضور

من بينهن نانوس.

وقال:

المسابقة بين الفتيات التي يحببن الشعر، ويجب أن تكون قصيدة لبيبة وسوف تفهمون معنى لبيبة عندما أكمل شروط المسابقة.

قال:

أنا ابحث عن شاعرة من بينكم

فتاة شابة جميلة

ووالدتي هي من سوف تجازي قصيدتها وأنا سوف اعلق على الموضوع فيما بعد، في نهاية المطاف.

يجب أن تكون القصيدة خالصة صافية وليست مزورة

يجب إحضار القصيدة في صندوق

يجب أن يتدخل الآباء والأمهات في عمل الفتيات.

القصيدة من 49 بيتا

في كل بيت قصيدة بأكملها

وكل بيت بلون مختلف، وطابع مختلف

والألوان ترافق القصائد في رجل حمامة

49 بيتا

49 حجرا حجر من أماس

49 ألماسة

ثم ضحك وقال اللبيب هو فقط من يفهم كلامي

إنه لغز اقرب للحقيقة ولا يمكن فهمه أليس كذلك؟

رد عليه أحد الرجال الأثرياء وقال له :

مولاي إن ابنتي تستطيع حل الألغاز ببساطة فهي ذكية ولبيبة.

قال السلطان:

سوف نرى من سينجح في حل اللغز غدا في حفلة عيد مولد والدتي الخمسون.

ولأنه الخمسون ألا ترون بأنه ينقص بيت شعري فأنا طلبت فقط 49 بيتا وليس خمسون.

استغرب الجميع وأبدوا ملامح الاستغراب، فأكمل السلطان كلامه وقال:

أما بالنسبة للبيت الخمسون فهو لا يجب أن يكون مع القصيدة والأبيات الأخرى بل يجب أن يكون مميزا عنها كلها.

هذا أريد أن يكون خاصا جدا وان يتم تقديمه لي أنا لوحدي في الحديقة الخلفية على الساعة الثانية عشر.

سوف أنتظر فتاة واحدة فقط هناك

وهي سوف تأخذ الإذن بدخول الحديقة في بداية السهرة عندما يعرف من هي الفائزة في المسابقة.

هذه مسابقة ولغز يصعب حله سهل عند اللبيب.

وغدا موعدنا استمتعوا بالحفل رجاء.

من دون أن يضيف شيئا آخر غادر الحفلة.

بقيت نانوس مبهورة من كلامه وكذلك والدها الذي ظن بأن سلطان المدينة يعلم شيئا عن الألماس والحمامة وقصائد ابنته.

بعد أن غادر الجميع تهافت الناس على شعراء المدينة لكي يساعدوهم على نظم القصيدة التي اعتقد البعض بأنها سوف تتكون من أبيات كثيرة لأنه في كل بيت من 49 بيتا قصيدة واعتقد البعض بأنه لغز يجب أن يحله لهم أحد الأذكياء والحكماء.

فتهافت الأثرياء على من يعتقدون بأنه سوف يساعدهم ويساعد بناتهن على الفوز في المسابقة وقدموا لهم الكثير من الأموال غير آبهين لتحذير السلطان لهم وتنبيهه لهم بعدم تقديم المساعدة للفتيات.

كان للسلطان أعين في كل المدينة وكان يتابع تحركات الجميع ويعرف حتى ما يدور في بيتهم.

أما بالنسبة لنانوس التي سالت والدها وقالت له:

ماذا تظن يا والدي بأن سلطان المدينة يعني بكلامه؟

الوالد:

لا اعلم في الحقيقة الأمر محير بالنسبة لي أيضا

نانوس:

ولكن ألا تظن بأن الأمر مريب؟

الوالد:

مريب؟

نانوس:

نعم فكل كلامه يوحي بأنه يعلم عن قصائدي، وحمامتي وأيضا الألماس.

الوالد:

ربما، فأكثر شيء كان عدد الأبيات رغم انه قد تكون مصادفة لأنه بالفعل عيد ميلاد والدته الـ 49

نانوس:

ولكن في الأمر لغر

الوالد:

لقد قال السلطان بأنه لغز وعليك أنت أن تجدي الحل لوحدك ولن أساعدك فهذا أمر السلطان.

نانوس:

أجل أعلم ذلك يا والدي

الوالد:

يجب عليك أن تفكري بذلك لأن في الأمر عقدة لا يسهل حلها.

نانوس:

عقدة؟

الوالد:

لا تخافي أنا أعلم أنك ذكية

نانوس:

ولكن يا والدي ...

الوالد:

نانوس يكفي نقاشا في الأمر

كانت نانوس تريد أن تسأل والدها ماذا كان السلطان
هو من تلقى رسائلها وهو من كان يرسل لها الأحجار
الألماسية وكان هذا السؤال يدور في رأسها كثيرا
ولكن والدها منعها من أن تطرح أي سؤال جديد.

عندما وصلا إلى البيت، اخبر الوالد ابنته بأن تفكر بروية وتأني وأن لا تستعجل وقال لها بأنه أمامها 12 ساعة ويجب أن تنام وتأخذ قسطا من التفكير.

وقال لها بأنه سوف يشتري لها فستانا لأجل حفل الغد ولكنها قالت له بأنها سوف تأخذ فستانا من صندوق والدها ولا داعي لشراء فستان جديد.

لقد كانت والدة نانوس من طبقة راقية من المجتمع رفض والداها زواجها من والد نانوس الفقير وهذا ما جعلها تغادر بيتهما لكي تتزوج بحبيبها ولم تتصالح

معهما حتى ماتت وماتا بعدها بسنوات ولم يتصالحا مع والد نانوس لأنهما اعتبرا بأنه حرمهما من ابنتهما إلى الأبد.

تركت والدة نانوس الكثير من الفساتين لابنتها والتي لم تستعملها بعد الزواج لأن مستوى معيشتها لم يكن يليق عليه تلك الفساتين الراقية.

ها قد جاءت مناسبة تستطيع نانوس أن تستعير فستانا من والدتها التي كانت قد أخبرت زوجها بأن هذه الفساتين هي لابنتها عندما تتزوج وخبأتها في صندوق، وأصبحت ترتدي ما يستطيع زوجها ابتياعه لها.

كانت الفساتين التي في الصندوق راقية من خياطة أشهر المصممين في المدينة، ومن أقمشة حريرية مستوردة وباهضة الثمن وهناك فساتين مطرزة، وأخرى فيها أحجار كريمة.

بقيت نانوس سهرانة كل الليل تفكر في الموضوع ثم ذهبت إلى خزانتها وأخرجت صندوق الألماس وهي تنظر إلي الألماسات الـ 49 التي نثرتها على السرير لكي تستلهم منها ما يمكن أن تكتبه في القصيدة المطلوبة.

كانت تتأمل كل تلك الأحجار الكريمة وتفكر في كلام سلطان المدينة ولغزه المحير.

حيرتها كانت حيرتين، حيرة لحل اللغز والحيرة الثانية عن كيفية علم السلطان بكل تلك التفاصيل عن قصتها هي والقصائد.

فاللغز فيه من التفاصيل ما كانت تعتبرها خاصة بها هي لوحدها كيف له أن عرف كل هذه الأمور.

كانت تفكر في:

49 بيتا تقابلها 49 قصيدة تقابلها 49 حجر ألماس

لقد كانت هي ترسل مع حمامتها وتضع الألماس في صندوقها.

وتحتفظ بقطع القماش الملون

كيف للسلطان أن يعرف ما كانت تعتبره سرا في حياتها.

بل وأصبح لغزا بالنسبة له، وكأنه هو الطرف الآخر الذي كان يستقبل قصائدها التي تحملها حمامتها وكأنه هو حبيبها.

كيف عرف كل هذه التفاصيل وحاك منها لغزا

أم أن هناك شخصا آخر وراءه.

هل السلطان ذاته هو من وضع اللغز أم شخص آخر

كانت هذه الأسئلة تحير نانوس كثيرا

فهي تفكر مرتين مرة بشكل عام ومرة بشكل خاص

فيها هي.

أصبحت نانوس تشعر بفضول أكبر لمعرفة حبيبها

قدرها ذلك الذي كان يستلم رسائلها ويرسل لها

الألماس مع كل فجر جديد.

كان تفكيرها في قلبها وحبيبها ومشاعرها يتغلب على

تلك المسابقة ولغزها المحير.

غاصت نانوس في أفكارها وغفت بين أحجار الألماس حتى رأت في حلمها بأن حمامتها تقف على كتف سلطان المدينة وهي تعطيه صندوق الألماس في يده وهو يمسك يدها وكأنه يطلب منها الزواج.

سألها في الحلم وأين الحجر الخمسون

فأعطته له وقد كانت تخبؤه في يدها اليسار

أخذه منها ثم أخذ يدها وإذا بالحجر أصبح خاتما ليضعه في إصبع يدها لأنه يريد الارتباط بها.

وإذا بنانوس تحاول الصحو من حلمها على صوت والدة السلطان التي كانت في غرفتها توقظها ولما استيقظت وجدت الحمامة في الغرفة.

صحت من ذلك الحلم الجميل وهي كلها طاقة وحيوية، وتفاؤل باليوم الجديد.

هذا هو اليوم الموعود، ففي المساء موعد الحفلة والمسابقة، لم تكتب نانوس حرفا واحدة أمامها وقت قصير وعمل كثير لكي تكتب 49 بيتا في كل بيت قصيدة بلونها وطابعها.

توجهت إلى الطابق الأسفل لتجد والدها قد أعد فطور الصباح ألقت عليه التحية وجلست تتناول الإفطار هي وأخوها الصغير.

أخبرت والدها بأنها لم تكتب شيئا طوال الليل وليس أمامها إلا بضع ساعات قبل الحفل والوقت يمر بسرعة.

طلب منها والدها أن تتناول طعامها وان تفكر في اللغز وليس في الأبيات أو القصائد التي يجب أن تكتبها وقال لها:

فكري مليا يا ابنتي فكري باللغز وحله وليس في القصائد.

فكري بكل كلمة قالها سلطان المدينة واربطي الأمور ببعضها البعض.

ابحثي عن المتشابهات

فكري بذكاء الم يقل السلطان اللبيب هو من يستطيع حل اللغز ولم يقل أكثركم نظما للشعر.

فكري بلبابة إذن يا بنيتي.

والوقت أمامك كبير فاللغز قد يتم حله في طرفة عين.

وهكذا مضى الوقت و نانوس جالسة في غرفتها تكلم حمامتها وتنظر لأحجارها العزيزة إلى أن جاء وقت الانطلاق إلى القصر.

قرر والدها أن لا يسألها عن اللغز ولا حله ولكنه كان لديه يقين بأن ابنته قادرة على حل اللغز بلا شك.

وعندما إقترب الوقت أرسل ابنه لكي ينادي نانوس فأخبرت أخاها بأن جاهزة وسوف تلحق به.

نزلت نانوس السلالم وهي تلبس فستانا أزرق اللون مخضر بلون حريري، وعليه بقع من الأسفل وكأنها عيون يشبه الطاووس بشكل كبير.

أما من منطقة الصدر فقد كان ذهبيا وعليها أحجار حقيقة وله مروحة على العنق من الخلف وخصر أخضر ذهبي.

انبهر الوالد بجمال ابنته الخلاب وعيونها العسلية التي تعكس لون الفستان وتلمع بفعل الجواهر المرصع بها فستانها، وشعرها الذهبي الطويل المموج بشكل خفيف وشفاهها الوردية.

لقد دمعت عيناه لأنه تذكر زوجته التي كانت تشبه ابنته في شبابها، وتذكر مدى جمالها وجاذبيتها ورقيها.

كما انه شعر بأن ابنته الصغيرة قد أصبحت شابة جاهزة للزواج، أصبحت عروسا جميلة جدا.

لقد كان يعلم بأن ابنته من أجمل فتيات المدينة كلها ولكن فستان والدتها قد أظهر جمالها وزادها جمالا.

طلب منها أن تركب العربة ولم يسألها عن ما إذا كانت قد حلت اللغز ولكنها هي طلبت من أخيها أن يحمل إلى العربة قفصا قد وضعت داخله حمامتها وهذا ما أعجب به والدها عندما رآه وقال لها:

هذا تصرف حكيم منك، ابتسمت وارتدت برنسا فوق الفستان وغطت شعرها وحمل في يديها صندوق مجوهرات والدها.

وعندما وصلوا إلى قصر سلطان المدينة وجدوا بعض المدعوين الذين وصلوا في نفس التوقيت.

كانت الفتيات يتقدمن من البوابة وهن بحلتهن الرائعة وأيضا خدمهم يحملون الصناديق لأن الجميع قد فهم من اللغز أن تحضر الفتاة القصائد في صناديق.

ولكنها كبيرة لأن البعض قد كتبت القصائد على قماش والبعض على ورق كبير ومنهم من استعملت ورقا مرشوشا بالذهب.

سخرت بعض الفتيات اللائي التقت بهن نانوس عند
البوابة عند رؤية مدى صغر الصندوق الذي كانت
تحمله بين يديها.

ولكنهن شعرن بالغيرة الكبيرة من جمالها، ولكن والدها
طلب منها أن لا تأبه لكلامهن.

دخل الجميع ونزعت الفتيات البرانس وظهر جمالهن
جميعا الذي يتلألأ تحت الأنوار مع الجواهر مختلفة
الألوان.

وبعد فترة من الزمن بعد تناول المشروبات، التحق بكل المدعوين سلطان المدينة ووالدته.

كان بين الحضور تلك الفتاة التي قال ووالدها بأنها لبيبة وقد شعرت بالغيرة بشكل كبير من فستان نانوس فكانت ترمقها بنظرات شريرة.

أخبرت والدها بأنها تشعر بالغيرة من نانوس ناعتة إياها بأنها الفقيرة ابنة الرجل الفقير.

طمأنها والدها وقال لها: (بلهجة مرتجفة)

لا تقلقي يا ابنتي العزيزة تلك الفتاة لا يمكنها أن تضاهيك مالا ولا عزا ولا جاها.

ذلك الفستان الجميل لن يستر فقرهم.

ثم قالت لها والدتها: (التي كانت تشعر بتهديد من نانوس ووالدها)

لا تخافي يا ابنتي إنها ابنة بهجة ابنة خالي ولن اسمح لها بأن تفوز عليك مهما كان الثمن.

ثم أضافت وقالت:

ألا ترين ذلك الصندوق القزم الذي تحمله بين يديها، أنا أعرف ذلك الصندوق جيدا لقد أعطاه لوالدتها خالي وقد ورثه عن جدتي ولكنه أعطاه لابنته العاصية التي خرجت من العائلة بعد أن تزوجت حبيبها الفقير والد تلك الفتاة الفقيرة.

لا مقارنة بالصناديق العشرة المرصعة بالجواهر واللؤلؤ التي اشتراها لك والدك والأقمشة الحريرية.

لا لن تفوز تلك الفتاة عليك ولو كان ذلك الأمر على جثتي، أنت من ستفوزين، تذكري بأن من حل اللغز لك هو أكثر سكان المدينة لبابة.

كما أن تلك القصائد (وقد أخفضت صوتها لكي لا يتمكن من سماع كلامها أحد) قد كتبها لك أشهر الشعراء في المدينة بأكملها ومقابل مال كثير.

سارعت تلك السيدة إلى امرأة عجوز تجلس بين المدعوين والتي على ما يبدو أنها جاءت برفقتهم كانت في الحقيقة والدتها وهي تجيد أمور السحر منذ أن كانت صغيرة.

أخبرتها بأنها تريد لابنتها أن تفوز فأمالت لها برأسها ولم تنطق بكلمة واحدة.

أخبرهم السلطان بعد أن ألقى كلمة الترحيب بأن المسابقة قد فتحت وعلى الفتيات التقدم من أجل إسعاد الجميع بالعروض.

تهافت الفتيات للتنافس عن المركز الأول ليس فقط في المسابقة بل أيضا في بداية المسابقة ومن تستطيع أن تبدأ هي بإلقاء القصائد.

وعندما عمت بعض الفوضى قرر الوزير أن يتم استدعاء الفتيات حسب درجات المجتمع والترتيب

التسلسلي للوجهاء والأثرياء لكي لا يكون هناك سوء فهم.

وهكذا مرت كل الفتيات ومنهن من استغرقت وقتا طويلا من بينهم تلك الفتاة التي تربطها صلى قرابة مع والدة نانوس، بينما كان والدها على صلة قرابة بعيدة جدا مع وسلطان المدينة.

كانت هذه الفتاة تقرأ القصائد من على القماش الحريري الذي في كل مرة يخرجه خادمان من خدم والدها ويحملانه أمامها لكي تتمكن من قراءته ولكي تتباهى بعض الشيء أمام الملأ.

كانت تصرفاتها سيئة أحيانا وترفع صوتها على الخدم لأنها متعودة على الصراخ واستحقار الخدم.

وهذا ما أثار حفيظة بعض الحضور الذين لم تعجبهم تصرفاتها.

وعندما أكملت، تباهت أمام الجميع بفستانها وهي تستعرض كلمات وجهتها لسلطان المدينة ووالدته بمناسبة عيد ميلادها.

بعد أن أنهت كل الفتيات أداءهن وقد حظين بإعجاب الجمهور الحاضر من المدعوين الذين هتفوا لهم وصفقوا كثيرا.

جاء دور نانوس ولكن الجميع قد تفاجأ لوقاحتها وهذا ما أسموه وقاحة كان أنها تحمل في يديها صندوقا صغيرا، ولكن كان هناك من لم يتفاجأ وارجع ذلك لفقرها هي ووالدها.

بعد قليل وبعد أن قدمها الوزير تقدمت وهي بكامل حلتها وجمالها من السلطان ووالدته.

قدمت الإحترام ثم طلبت من والدها أن يعطيها قفص الحمامة وقالت:

مولاي أن حل اللغز هو كالآتي

الحمامة هذه هي وهي حمامتي ملكي وتعيش عندي على سطح بيتي، إنها اعز حمامة على قلبي.

هي حمامتي الوفية التي تعودت أن تسافر مع كل غروب إلى حيث لا أعلم وتعود إلي مع كل فجر.

أما بالنسبة للقصيدة من 49 بيتا وكل بيت كأنه حجر أساس بل هو حجر الماس.

ففي هذا الصندوق (وأعطت الصندوق الصغير للوزير) مولاي فيه 49 حجر ألماس حقيقي.

استغرب الجميع من كلامها ومن تصرفاتها وأخذهم الكثير من الشوق لمعرفة أن كانت صادقة وهل أحضرت فعلا 49 حجر ألماس، من أين لها، إنها ثروة.

وتساءل البعض:

من أين لها هي ووالدها الفقير؟

فتح السلطان الصندوق الذي خرج منه الشعاع من الألماس الحقيقي.

استغرب الجميع بينما كان السلطان فقط يبتسم ولا يعلق بكلمة واحدة.

واصلت نانوس كلامها وقالت:

وهذه هي الأقمشة الحريرية وهي ألوان وكل واحدة تنتمي لحجر معين.

ضحك الجميع من القطع القماشية الصغيرة التي قدمتها، رغم أنها حريرية ولامعة ولكنهم اعتقدوا بأنها صغيرة لأنها لم تستطع أن تشتري الكثير من القماش.

لقد سخر منها الجميع واعتقدوا بأنها ترجمت اللغز حرفيا ولم تفهمه جيدا.

اعتقدوا بأنها تتصف بالغباء.

ولكن السلطان قام من مكانه ووضع حدا لكل كلامهم وتعليقاتهم، وقال بأنه مستعد لإعلان الفائز.

كما أن لديه إعلان هام بمناسبة عيد مولد والدته الخمسون.

قال السلطان:

اليوم في عيد مولد والدتي أريد أن أقدم لها هدية وهي أن أحقق لها رغبة لطالما صارحتني بها ولكن فقط اليوم جاء الوقت المناسب.

الطلب الذي لطالما طلبته مني والدتي هو أن أتزوج ولم أكن أريد الزواج لأنني لم أعثر على من اختارها قلبي قبل اليوم.

اليوم أريد أن أصارحها وأصارح حبيبة قلبي وأيضا كل المدعوين.

اليوم أريد أن أعلن خطوبتي.

الفتاة التي سوف أتقدم لخطبتها هي نفسها الفتاة التي فازت في نظري في المسابقة.

فرحت تلك الفتاة الشريرة لأنه كان لديها آمل في جودة الأشعار التي قرأتها.

رغم قراءاتها المرتجفة والتي لم تكن كما يجب فقد ظهر من تأتأتها إنها ليست صاحبة القصائد.

وظنت بأنها هي الفائزة لشدة التصفيق الذي حظيت به والذي كان من إتباع والدها وأعوانه وقد طلبت منهم هي ذلك.

أكمل السلطان كلامه وقال:

الفائزة في مسابقة اليوم هي الفتاة نانوس.

اعترض الجميع بصوت منخفض.

فأكمل كلامه وقال أنا اعرف بأن نانوس لم تلقي قصيدة ولكنها فعلت أكثر من ذلك لقد تمكنت من حل اللغز

أحجار الألماس تلك التي بالصندوق انها تعني لي 49 قصيدة وقد قرأت القصائد قبل هذا اليوم وتلك الأحجار هي مني أنا، وأنا الذي قدمتها لنانوس.

وهي فهمت بأنني أريد استعادتها لكي اخبرها بأنني أنا الذي كان يقرا القصائد مع كل غروب ويرسل حجر الماس في قطعة حرير صغيرة أعلقها على رجل تلك الحمامة في القفص هناك وأرسلها إلى نانوس مع كل فجر.

ولكني لم أكن أعلم من الذي يكتب القائد ولم أر نانوس إلا في حفلة يوم أمس.

التفت إلى نانوس وقال لها أنا أريد الزواج بك وانتظر جوابك عند النافورة في الحديقة وإذا كنت موافقة انتظرك هناك ولا تردي الآن.

غادر السلطان من فوره ولم يلتفت لأحد ولم يكلم أحدا أبدا بينما بقيت نانوس مبهورة من كلامه ومن ما حصل في تلك السهرة.

فاقترب منها والدها وبارك لها خطبتها من سلطان المدينة، وهنأها على ذكائها لحل اللغز وقال لها بأنه كان لديه يقين بأنها سوف تفلح وتفوز بالمسابقة و إذا بالسلطان هو من كان يراسلها مع الفجر.

في تلك اللحظة وبينما كان الجميع يحاولون امتصاص الصدمة فقد كان البعض متضايقا من نتيجة المسابقة والأكثر من ذلك تضايق البعض كثيرا من خطبة السلطان لتلك الفتاة التي كانوا ينعتونها بالفقيرة.

نادت والدة السلطان على نانوس وبارك لها وسألتها عن رأيها بكل صراحة وعندما أخبرتها نانوس بأنها موافقة على الزواج وأنها تكن مشاعر حب قوية لسلطان المدينة دون أن تعلم بأنه هو من كان يقرأ قصائدها ويرسل لها الحمامة كل فجر.

كما أضافت وقالت لوالدة السلطان بأنها قد أعجبت بالسلطان عندما رأته أمامها وأعجبت بتصرفاته وحكمته، ولذا بعد أن وجهت لها والدة السلطان سؤالا عن رأيها بالسلطان بعد أن إلتقت به.

أمرت والدة السلطان نانوس بأن تذهب إلى الحديقة الخلفية حيث ينتظر السلطان جوابها.

ثم سألتها هل لديك الحجر الـ 50 لأن السلطان قد قال بأنه يجب أن يكون لديك لكي يقدمه لك مرة ثانية عندما يعيده إلى الخاتم.

ثم قالت لها:

إن ذلك الحجر هو حجر متوارث في عائلتنا وقد كان في خاتم زواجي وأنا أعطيته للسلطان لكي يقدمه لعروسه، ومن شدة تعلقه بك لم يستطع الانتظار فنزعه من الخاتم وأرسله لك مع الحمامة وهذا كان أمرا غاية

في التهور منه ولكنني لم أستطع أن امنعه خاصة وقد رأت السعادة تشع من عينيه لأول مرة في حياتي.

ذهبت نانوس إلى والدها لكي تطلب منه الحجر وبينما هي تكلمه، كانت تلك الفتاة الشريرة التي أرادت أن تفوز بشدة قد انهارت بالبكاء عندما تقدم السلطان لخطبة نانوس.

قالت لوالدتها أم تعديني بأنها لن تفوز ها قد فازت وسرقت مني سلطان المدينة.

سوف يتزوجها، لا أريد أن أعيش.... أريد أن أموت.

شعرت والدة الفتاة هذه بالسوء، لأنها لم تفي بوعدها لابنتها، كيف لها أن تسمح لتلك الفتاة أن تتغلب عليها هي وابنتها.

لقد قالت في نفسها بأن السيدة بهجة والدة نانوس كانت محظوظة كل حياتها لطالما كانت أوفر حظ منها هي.

كيف لها أن تسمح لنانوس ابنة السيدة بهجة أن تتغلب على ابنتها الوحيدة كما تغلبت عليها بهجة في السابق

وفي كل جوانب الحياة كانت تشعر بعقدة النقص من السيدة بهجة.

توجت إلى والدتها تلك السيدة العجوز الجالسة وسط المدعوين، وقد كانت عجوز عمياء، في شبابها كانت تمارس فنون السحر والشعوذة.

وقالت لها:

انجديني يا والدتي، تلك الفتاة ابنة بهجة تريد أن تقتل ابنتي.

لقد فازت في المسابقة ودمرت سعادة ابنتي وقضت على حلمها ولم يكفيها هذا بل سرقت خطيب ابنتي.

إنها تنوي الزواج بسلطان المدينة وهو كل حب حياة ابنتي المسكينة.

ساعديني يا والدتي رجاء

في تلك اللحظات توجه والد الفتاة الشريرة إلى والدة السلطان وقال لها:

كيف يمكنك فعل هذا، لماذا تسمحين لسلطان المدينة بأن يدمر سمعة العائلة بزواجه من تلك الفتاة الفقيرة.

إن هذا عيب وعار

لا يمكنني السماح لك بتدمير إرث عائلتنا.

والدة السلطان:

إنها حياته وهو حر في اختيار من ستكون شريكة حياته هذا أمر خاص به هو لوحده.

أنا لا استطيع إرغامه على الزواج بأخرى

والد الفتاة الشريرة:

أنت تدمرين عائلتنا وارثنا.

كيف لفتاة فقيرة أن تصبح سلطانة

يجب أن تحظى بهذه المكانة فتاة راقية ومن أعلى طبقات المجتمع مثل ابنتي والتي تربطها صلة قرابة أيضا بالسلطان.

والدة السلطان:

أنا لا دخل لي بزواج السلطان هو رجل ويمكن أن يقرر ما في صالحه.

والد الفتاة الشريرة:

أنت ترتكبين خطا فادحا وسوف تندمين.

واصلت والدة الفتاة الشريرة كلامها مع والدتها العجوز وهي تطلب منها مد يد العون لابنتها المسكينة كما كانت تقول فقد كانت تريد أن تنال الشفقة من العجوز العمياء.

لقد كانت العجوز قد توقفت عن العمل منذ سنوات ولكنها لأجل ابنتها وحفيدتها قررت أن تستجمع كل طاقتها لكي تقضي على عدوة ابنتها وحفيدتها.

فطلبت من ابنتها أن تصف لها شكل الفتاة "نانوس" ثم قالت لها:

استمري في النظر إليها وقولي كلما هي تقوم به.

كانت تلك المرأة الشريرة تصف لوالدتها العجوز العمياء كلما تفعله نانوس التي أخذت من والدها شيئا ولكنها لم تره وتكلمت معه قليلا، ثم أخذت القفص الذي به حمامة.

ذهبت باتجاه البوابة على ما يبدوا أنها تتجه إلى الحديقة حيث هو السلطان.

كانت العجوز العمياء تمسك بيد ابنتها وتسمع وترى بعينيها كلما تحكيه لها ابنتها.

لقد عرفت شكل الفتاة وتفاصيلها كما تمكنت من معرفة ما هي مقدمة عليه، خاصة أن السلطان قد طلب رأيها وموافقتها على الزواج أمام الجميع.

في تلك اللحظة طلبت العجوز من السيدة أن تأتيها بكأس من الماء أو العصير.

عندما أحضرته وقد طلبت منها الإسراع، قالت لها بعد أن قربت الكأس من فمها وتمتمت عليه بعض الكلمات، وبصقت فيه وهي متجهة بنظرها للفتاة نانوس وكأنها تنظر إليها بعينيها المبيضة.

ثم أعطت الكأس لابنتها وقالت لها:

إن كنت تثقين في ابنتك وذكاءها فأعطيها هذا الكأس وسوف أخبرك بما يجب فعله.

وان لم تكوني تثقين بها فقومي أنت بالعمل التالي.

اذهبي وحاولي التملص من الحراس والحقي بتلك الفتاة، ارتشفي شربة من الكأس ثم أعطيها للفتاة

وحاولي إقناعها بان تشرب أمامها وسوف تتحقق أمنيتك أنت وابنتك.

إذهبي وتصرفي بسرعة واعلمي بأنك عندما تجعليها تشرب سوف تكتسبين شكلها لمدة 24 ساعة وعليك الإسراع لتحقيق مرادك وبعد أن تجعليه يقع في الفخ سوف تصبح ابنتك هي زوجته.

فيما بعد عليه أن يتأقلم مع الوضع وخاصة إذا تمكنت ابنتك من الإنجاب له فيتوطد في حياة زوجية وابن وزوجة عليه أن يرض بها، كما انه من المسحي لان يخرب حياته أو يخسر سلطانته الجديدة مهما كانت.

أخذت السيدة كاس العصير وأسرعت لتلحق بالفتاة نانوس، استطاعت بفضل ذكاءها ومالها أن تغري أحد الحراس لكي تلحق بالفتاة.

وعندما أصبحتا هي والفتاة نانوس في رواق واحد، فأسرعت باتجاهها ونادت عليها وقالت:

بنيتي بنيتي نانوس انتظري.

التفتت نانوس عندما سمعت صوت السيدة وتوقفت تنتظرها لتعرف ما تريده هذه السيدة الغريبة فهي لم تكن تعرفها معرفة شخصية.

عندما وصلت السيدة إلى حيث تقف نانوس وهي تلهث حاولت أن تستجمع أنفاسها وهي تبتسم وتضع يدها على ذراعها.

وقالت لها:

بنيتي نانوس أظن انك لم تتعرفي عليا فقد رايتك آخر مرة كنت بها الطول وأشارت بيدها لطول لا يتعدى ركبتها.

ثم قالت:

لا علينا أنا كنت فقط أريد أن أهنئك وأبارك لك على فوزك في المسابقة وخطبتك للسلطان.

أنا قريبة والدتك ولكن علاقتنا قد انقطعت بزواج والديك لأسباب عائلية أظن انك سمعت عنها.

كما أن زوجي تربطه علاقة بعائلة السلطان لذا سوف نصبح عائلة واحدة.

ثم قالت لها:

لما تحملين هذه الحمامة معك؟ (حمامتها التي في القفص)

قالت لها نانوس:

سامحيني يا خالتي ولكن السلطان في انتظاري أظن أنني تأخرت عليه.

السيدة الشريرة:

أعلم يا بنتي، معك حق واصلي طريقك.

ولكن قبل ذلك سوف اطلب منك فقط أن تشربي قليلا من هذا إنه عصير احتفالا بك وبفوزك وبخطبتك ولكي نبدأ بداية جديدة تكريما لوالدتك.

ارتشفت رشفة وهي تنظر في عيني الفتاة ثم أعطتها الكأس، من شدة الحياء وقلة الحيلة ولأن نانوس كانت تريد لهذا الحوار ثقيل الدم أن ينتهي أخذت الكأس لكن السيدة لم تفت الكأس من يدها بل قربت الكأس لها لتسقيها السم بيدها.

ارتشفت نانوس رشفة من العصير وفي لحظة وثانية حدث أمر غريب لقد ظهر غبار وبخار وكأن الفتاة قد اختفت ليسقط القفص الذي فيه الحمامة ويفتح بابه فطارت منه حمامتها بعيدا.

وعندما خف كل ذلك الدخان وجدت السيدة نانوس قد تحولت لصورة حمامة جميلة تشبه حمامتها.

عرفت السيدة من فورها أن تلك الحمامة هي نانوس فانقضت عليها وأمسكتها وهي تحدث بعض الفوضى.

في تلك اللحظة بالذات جاء باتجاهها حارس، خافت منه السيدة الشريرة لأنها اعتقدت من وجهه المتهجم بأنه قد رأى كلما حدث.

وعندما وصل إليها قال لها وهو يبتسم قليلا:

آنستي هل تحتاجين للمساعدة.

استغربت السيدة الشريرة من قوله آنستي ولم تجبه بشيء

أخذت الحمامة لتضعها في الصندوق فساعدها.

لاحظت أمرا وهي جالسة في الأرض ولكن لسرعة الأمور ولشدة خوفها مم حدث لم تنتبه جيدا.

لاحظت وكان لون فستانها قد تغير، وعندما وقفت ورفعت بعينيها إلى زجاج النافذة لاحظت ما لم تستطع تصديقه عيناها.

لقد رأت انعكاسها على زجاج النافذة الطويلة وكأن شكلها أصبح بشكل الفتاة نانوس.

لم تصدق ما رأت فأمسكت وجهها لتتأكد فكان انعكاسها يعكس لها كل حركة تقوم بها.

هنا اكتشفت سر مناداة الحارس لها بآنستي.

لقد عرفت بأن سحر والدتها العجوز العمياء قد نجح فهي كانت تعلم بأن لها قدرات خارقة للطبيعة.

عرفت الآن ما يجب عليها فعله.

توجهت برفقة الحارس إلى الحديقة الخلفية حيث ينتظرها السلطان.

وجدته ذلك الأمير الوسيم يقف بجانب النافورة ينتظر حب حياته

فتقدمت منه وعندما حاولت أن تلقي التحية اكتشفت بأن صوتها لازال غير مكتمل لم يكن صوتها مثالي مثل نانوس لذا لجأت للكحة لكي تلفت انتباهه لوجودها هناك.

التفت إليها وقد شعر بوجودها من أول خطوات لها هي والحارس في الحديقة.

تقدمت من السلطان هي وغادر الحارس.

كان السلطان سعيدا جدا بوجود حبيبته معه في نفس المكان ولأول مرة ولوحدهما.

قال لها:

هل تعلمين يا نانوس بأنني كنت أفكر فيك لمدة طويلة.

لقد كنت أتخيل شكلك ووجهك الذي يبدو مثل الملاك

أنت حقا قمر

شعرت بالإحراج تظاهرت بذلك واخفت عنه عينيه الحادة

ثم قال لها:

نانوس لقد لاحظت في الحفلة بأن لون عينيك اصفر قليلا.

والآن أراه كأنه عسلي ما الذي حدث لعينيك.

لم تعرف بما تجيبه السيدة الشريرة وقد عرفت بأن لون العيني هو أيضا مختلف بالإضافة للصوت.

فحاولت الإجابة عن سؤاله بصوت يرتجف وممزوج بحكة وقالت له:

كح كح لون عيني يتغير

ضحك السلطان ثم قال لها:

ولكن ما بك تكحين

قالت:

أظن كح كح أنني مريضة كح كح.. إعذرني السلطان:

لا عليك، أنا معجب بقصائدك كلها التي أرسلتها للقدر وقد كنت أنا ذلك القدر أنا سعيد لأنك وجدتني ، وسعيد لأنني أنا وجدتك.

أنا اشعر بالسعادة

وأنا معك أنا سعيد

ودعت الحمامة من يدها ثم جلست في كرسي كان بالقرب من النافورة والحمامة ترفرف وتريد أن تطير.

تساءل أيضا عن سبب رفرفة الحمامة وقال لها أنا متعود على كون الحمامة هادئة ترى ما بها هذه الليلة.

قالت:

كح كح القفص

قال لها:

آه لقد فهمت عليك ربما هي متضايقة من القفص دعيني أطلق سراحها إذن.

منعته من فعل ذلك متحججة بأنه الليل وهي لا تريد أن يحصل لها مكروه.

حاولت الفتاة نانوس المزيفة أن تجذب انتباه سلطان المدينة لكي يغير الموضوع.

لقد كانت سعيدة بأنها وضعت الفتاة في ذلك القفص الصغير وكانت مستعجلة لتنفيذ خطتها لكي تجعل ابنتها زوجة لسلطان المدينة.

وبعد تأمل سلطان المدينة لحبيبته الفاتنة نانوس التي كانت تتهرب منه بحيلها التي كانت تقول حقيقتها بأنها ليست هي نفسها نانوس بحجة الخجل.

وبعد أن عبر لها عن كل ما كان يشعر به تجاهها وقال لها كلما كان يريد مصارحتها به، في تلك اللحظات كانت الحمامة قد هدأت ولم تعد ترفرف ولكنها كانت تعبر عن حزنها بدموع تنزل من عينيها دون أن ينتبه لها احد.

وعندما دقت الساعة الثانية عشر التفت إليها وأمسك يدها وقال لها:

يا حبيبة سلطان المدينة أنا الآن أقف أمامك على أنني عاشق وليس سلطان واري دان اعرف جوابك

فهل توافقين على الزواج بي يا نانوس؟

تهربت بعينيها كعادتها ثم أماءت برأسها وقالت له:

نعم أقبل

قامت الحمامة ترفرف من جديد.

فطلبت نانوس المزيفة أن لا يعير الحمامة اهتماما

ثم قال لها السلطان:

أين هو الحجر الـ 50 لكي أضعه لك في خاتم الزواج

نظرت هنا وهناك ولم تجد جوابا لسؤاله، ثم قالت:

لقد نسيته كح كح

قال لها:

لا تهتمي يمكنك أن تحضريه يوم الخطوبة

هل توافقين على أن نقيم حفل خطوبتنا بعد أسبوع

قالت:

أسبوع؟

قال لها السلطان:

نعم أظن أن التجهيزات سوف تستغرق أسبوعا

رغم أنني أريد الارتباط بك في أسرع وقت ولكن يجب أن أقيم لك حفلا ضخما تتكلم عنه كل المدينة.

لذا بعد أسبوع نقيم حفل الخطوبة وبعدها بيومين نتزوج

فما رأيك؟

الفتاة:

أعتقد كح كح

أعتقد أسبوع كثير كح كح

السلطان:

اذن أنت تحبينني بنفس المقدار الذي أكنه لك

ولكن يا حبيبتي التجهيزات

الفتاة:

كح لا يهم

السلطان:

أرأيت ما يعجبني فيك، إنها بساطتك، وعدم اهتمامك بالمظاهر وهذا ما لمسته في قصائدك التي وصلتني.

أنا معجب بك حقا وكل يوم إعجابي بك يزيد.

الفتاة:

نعم، كح كح

لنتزوج كح

غدا كح كح كح

السلطان:

غدا هذا وقت قصير ولكن لا يوجد أمر يصعب على سلطان المدينة خاصة وان كان طلب من حبيبته الجميلة

حبيبتي سوف أجعل الحرس يرافقوك إلى البيت وسوف أرسل لك الطبيب لكي يرى ما به حلقك.

لا يجب إن تكون العروس غدا مريضة يوم زفافها.

كان والد الفتاة قد غادر الحفل هو وكل المدعوين.

وأيضا الرجل الشرير وحماته المشعوذة وحفيدتها الشريرة.

أخبرت العجوز المشعوذة زوج ابنتها بتفاصيل الخطة التي اتفقت هي وابنتها السيدة الشريرة عليها وأخبرته بكل التفاصيل.

وطلبت منه أن يذهب لكي يختطف والد نانوس لكي يبلغ عن اختفاء ابنته العروس الفعلية.

احضروا والد نانوس من بيته ووضعوه في قبو في بيتهم الضخم وهو لا يعلم ما الذي يحدث معه وقد امتلآ قلبه رعبا وخوفا على ابنته.

كان ابنه الصغير قد رأى كلما حدث واختبأ تحت طاولة المطبخ لذا لم يستطيعوا إلقاء القبض عليه مع والده بل واعتقدوا بأنه ليس في البيت، فاكتفوا بالوالد.

في منتصف الطريق بينما كان الحراس يعيدون نانوس المزيفة إلى بيت والدها كان زوجة السيدة الشريرة يراقب المشهد من بعيد

وعندما نزلت من العربة حاول أحد الحراس أن يطرق لها الباب لكنها اعترضت وأمرته بالمغادرة على الفور مدعية أنها سوف تطرقه بشكل هادئ لكي لا تزعج والدها المسن الذي ربما يكون يغط في نوم عميق في فراشه.

شعر الطفل الصغير الذي كان يختبئ تحت الطاولة وهو خائفة ببعض الحركة فاعتقد بأنهم اللصوص الذين جاؤوا واختطفوا والده قد عادوا وعندما نظر من النافذة رأى أخته فشعر بالأمان.

كان حراس القصر في تلك الأثناء قد هموا بالمغادرة، وقبيل أن يفتح الباب رأى اللصوص أو من يطلق عليهم لصوصا يتقدمون ويقتربون من أخته التي خاف عليها ولكنها أسرعت باتجاه الرجل المسن الذي كان يكب حصانا ويتقدمهم وقبلته وقالت له لقد نجدنا يا عزيزي.

لم يفهم الطفل كلما يحدث فاكتفى بالتخفي.

قالت السيدة الشريرة التي كانت تشبه أخته:

ماذا عن والد الفتاة نانوس.

زوجها:

لقد اختطفناه انه في قبو بيتنا

السيدة الشريرة التي كانت تشبه أخته:

كيف هي ابنتنا

الزوج:

إنها تتحسن

السيدة الشريرة في شكل نانوس:

سوف تصبح بخير بعد أن تعرف الخبر السعيد الذي

احمه لها.

الزوج:

وما هو؟

السيدة الشريرة في شكل نانوس:

زفاف ابنتنا على سلطان المدينة غدا

الزوج:

هل حقا تقصدين ما سمعت؟

وكيف ذلك؟

السيدة الشريرة في شكل نانوس:

سوف أقنعه لكي يأتي هو إلى بيتنا وسوف أخفي

وجهي عن الناس الذين سوف نقول لهم بأنه خطب

ابنتنا ويريد أن يتزوجها.

وعندما ينتهي حفل الخطوبة سوف أغادر معه إلى القصر لكي يقدمني إلى الناس دون أن اكشف على وجهي هو فقط من يمكنه رؤيتي وفي الليل عندما يتم عقد القران ويحاول الذهاب مع عروسه سوف أغيرها، واضع ابنتنا مكاني أنا.

وعندما تدق الثانية عشر سوف أعود إلى طبيعي ويكون سلطان المدينة قد تورط مع ابنتنا التي في تلك المرحلة تكون قد أصبحت زوجته أمام كل سكان المدينة.

سمع الطفل الصغير كل هذا الحوار فخاف على أبيه وأخته التي لم يعلم بعد أين هي.

لقد نسيت السيدة الشريرة قفص الحمامة الذي به نانوس في شكلها الجديد في القصر وبعد مغادرتها استغرب السلطان من سهوها وكيف أن تركت حمامتها العزيزة وراءها ثم ارجع السبب إلى أنها انشغلت بموضوع الخطبة والزفاف والحفل المجيد السعيد.

نظر السلطان للحمامة التي كانت ملقاة على أرضية القفص، ولكنه شعر باختلاف في الحمامة وكأنها ليست حمامته التي يعرفها وعندما أراد أن يخرجها من القفص وهي نائمة جاءه الوزير واخبره بأنه والدته تطلب رؤيته.

أعطى لخادمه القفص الذي به الحمامة واتجه إلى غرفة والدته التي تريد رؤيته.

سألته والدته عما حدث معه ومع نانوس العروس

اخبرها السلطان بأنه اتفق معها على أن يكون الزفاف غدا

قالت له:

والدته ماذا تقصد بغدا؟

قال لها:

غدا يا والدتي غدا، نعم أنا أريد الزاج في الغد

الوالدة:

ولكن كيف سنستطيع التحضير للزفاف بهذه السرعة

السلطان:

لا يهم سوف تحتفل المدينة على مدار سبعة أيام أما أنا
فغدا سوف احضر عروسي نانوس إلى القصر.

الوالدة:

حسنا لا تهتم سوف أمر الوزير بالتحضيرات فورا،
وسوف تكون الأمور كما يجب.

السلطان:

شكرا يا والدتي

الوالدة:

لا يهمني في كل هذا الكون إلا سعادتك يا بني كما أنني
معجبة بالفتاة لقد أحسنت الاختيار.

السلطان:

أنا سعيد لأن نانوس نالت إعجابك.

هي تستحق ذلك

قبل السلطان جبين والدته وغادر غرفتها باتجاه غرفته لكي ينام ولكنه عندما دخل انشغل بالنظر للحمامة التي كانت تبدو وكأنها مريضة.

عندما أخرجها من القفص لاحظ بأن ألوان ريشها مختلفة عن الحمامة التي تعود أن تأتيه بالقصائد، وفي تلك الأثناء دخلت من النافذة الحمامة الأخرى.

عندما رأى الحمامة التي دخل من النافذة عرفها على الفور، فاستغرب وجود الحمامة الأخرى التي كانت بين يديه ولم يفهم حقيقة الأمر، ولما قد تخدعه نانوس.

عندما أراد أن يضع الحمامة على سريره حتى وقع من تحت جناحها الحجر الذي كان لوالدته الحجر الخمسون.

عندما رفع جناحها وجد بأن الحجر قد مزق لها جناحها من الجهة السفلية وكانت دامية وهذا كان هو السبب وراء كونها نائمة كل الوقت فقد كانت نائمة من شدة الألم.

نادى على وزيره وطلب من معالجة الحمامة وهو لم يفهم ما حدث بالفعل.

ثم نادى على الحارس الذي أوصل خطيبته نانوس إلى بيتها لكي يطرح عليه بعض الأسئلة.

اخبره الحارس بأن نانوس قد طلبت منه العودة ولم يرها تدخل بيتها.

أشار عليه الوزير بأن يرسل في طلبها لكي يفهم منها ملابسات ما حدث.

عن الحجر والحمامة المزورة.

ثم اخبره الوزير بأنه سوف يذهب بنفسه لكي يتأكد من الأمر ويحضر العروس معه لكي يفهم منها السلطان بشكل مباشر.

جاء الطبيب البيطري وعالج الحمامة ووضعها على سرير السلطان بينما نامت الحمامة الأخرى بجانبها وهذا ما أثار حيرة الطبيب الذي لم يلحظ مثل هذا التصرفات في الحيوانات سابقا.

فقال للسلطان وكأن الحمامة السليمة تنتمي للحمامة المريضة وكأنها تشاركها ألمها وتتعاطف معها، وهذا غريب رغم أن كلتاهما أنثى فلو كان احدهما ذكرا لقلت بأنهما ثنائي وهذا يكون في تلك الحالة طبيعيا.

لم يكن السلطان يريد أن يسمع أو يفهم شيئا لان باله كان مشغول بغرابة تصرفات نانوس.

لم يكن السلطان يحب أن يستغفله أحد أو يخدعه أو يكذب عليه فهو سلطان المدينة ولا يمكن أن يفلت أحد من عقاب خداعه.

عندما وصل الوزير إلى بيت نانوس دق الباب كثيرا
ولم يفتح أحد وعندما ارتاب في الأمر أمر الحراس بأن
يحطموا الباب وان يفتشوا المنزل جيدا.

وبعد طول تفتيش عثر الحراس على الطفل الصغير
الذي كان معرضا عن الكلام وخائف بشكل كبير.

عاد الوزير بالطفل إلى السلطان وأخبره بأن البيت كان
خاليا ووفقا لما يعرفونه فان نانوس ووالدها ليس لهم
أحد في كل المدينة ولم يغادروا بيتهم يوما قط.

كان الطفل صامت حتى رأى الحمامة فذهب مسرعا وانضم إلى الحمامة السليمة التي رفرفت إليه عندما شعرت بوجوده.

وهكذا بعد أن شرب بعض الماء وجاءت والدة السلطان وأخرجت كل الحرس من الغرفة لكي يشعر الطفل بالأمان أكثر.

سألته عن الحمامة قليلا وهي تمهد لكي تسأله عما حدث لوالده وأخته، وذلك بعد أن كان الوزير قد أخبرها بكل التفاصيل الجديدة فهي على اطلاع دائم بكل جديد.

قالت السلطانة للطفل:

هل تعرف هذه الحمامة؟، أظن أنها تحبك

الطفل:

نعم

السلطانة:

هل هي لك؟

الطفل:

لا

السلطانة:

هل تعرف لمن هي؟

الطفل:

إنها لأختي

السلطانة:

أختك نانوس

الطفل:

نعم

السلطانة:

انظر لدينا حمامة أخرى تشبهها، وهي تشبه حمامة أختك، انظر إنها مريضة، هذه الحمامة للسلطان إنه يحب الحمام مثلك.

دمعت عيون الطفل ولم ينطق بكلمة

السلطانة:

هل تعلم بأن السلطان قد خطب أختك نانوس سوف يتزوجها غدا؟

الطفل:

لا، تلك ليست أختي

السلطانة:

من، ماذا تقصد؟

الطفل:

لقد عادت فتاة تشبه أختي إلى البيت سابقا ولكنها قبلت رجلا وذهبت معه، إنه لص لقد اختطف والدي.

السلطانة:

كيف تقول بأن تلك الفتاة ليست أختك؟

الطفل:

هي تشبهها ولكنها ليست أختي، لقد سمعتها تتكلم

السلطانة:

وماذا قالت؟

الطفل:

قالت لذلك الرجل الشرير بأنه سوف تزوج ابنتها للسلطان غدا وتظهر له هي بشكل أختي وتخدعه

السلطانة:

وماذا عن أختك؟

الطفل:

لم تقل شيئا عنها.

السلطانة:

وماذا عن والدك؟

الطفل:

قال لها بأنه وضعه في قبو بيتهم

أمرت السلطانة إحدى الخادمات بأن تجهز غرفة للطفل لكي ينام ولكنه رفض الخروج من تلك الغرفة وأراد النوم مع حمامته فطلب منها السلطان أن تتركه على راحته وقال له يمكنك النوم معي الحمامتين على سريري.

خلد الطفل الصغير للنوم، وخرج السلطان مع والدته من الغرفة لكي يتناقشا في الأمر الذي كان غاية في الأهمية وخطير جدا أيضا.

وبحضور الوزير وبعض الحكماء، استخلص الجميع
بأنه قد تم اختطاف نانوس الحقيقية ووالدها.

وبعد أن تم استدعاء كبير الحرس اخبرهم بكل ما تمت
ملاحظته في الحفل وفي أرجاء القصر.

لقد قال لهم بأنه تمت ملاحظة تصرفات مريبة من
طرف إحدى المدعوات والتي لحقت بالآنسة نانوس
ولكن لم تتم مشاهدتها بعد ذلك أبدا.

كما أن أحد الحراس الذين كانوا يقومون بإيصال
الآنسة نانوس إلى بيتها قد لاحظ بعض الفرسان في

الطريق والذي بدوا وكأنهم يختبئون من شيء ومن بينهم كان زوجة نفس السيدة تلك.

عندما سألتهم السلطانة عن هوية تلك السيدة وزوجها.

أخبرها قائد الحراس بأنها زوجة السير لوكاس قريب السلطان من بعيد والذي كان قد اعترض عن خطبة السلطان من نانوس.

هنا تدخل الوزير وقال لها ألا تشكين يا سيدتي في كون الأمر مريبا ألا تعتقدين بأن للأمر علاقة بالسحر والشعوذة، فقد رأيت سابقا زوجة السير لوكاس تسر بأمر لوالدتها التي منعها زوجك رحمه الله من ممارسة الشعوذة في المدينة.

وذلك فقط قبيل أن تلحق بالآنسة نانوس التي كانت متوجهة لرؤية السلطان وبعد تظهر بعد ذلك وفقا لقائد الحرس كما أن زوجها قد غادر من دونها ولم يسال عن زوجته ولم يبلغ عن اختفاءها.

أليس الأمر مريبا؟

في تلك اللحظة أمرت السلطانة بقدوم رئيس الحكماء لكي تطرح عليه المسألة.

كان رئيس الحكماء يعرف تلك المشعوذة جيدا ويعرف كل طرقها وأساليبها في السحر والشعوذة، كما انه قد تنازل معها لمرة أو اثنتين، لقد كان طاعنا في السن ولديه خبرة في الحياة وخبرة في أمور السحر والشعوذة وقد كان ذراع السلطان السابق الأيمن ومساعده المخلص الوفي.

وبعد قص السلطان ووالدته تلك القصة على الحكيم أخبرهم بأن السيدة الشريرة قد طلبت من والدتها المشعوذة لكي تساعدها هي ابنتها على تحقيق مرادهما.

ورغم منع السلطان لتلك العجوز من أعمال السحر إلا أنها خضعت لابنتها، وأرادت أن تسعد حفيدتها بالزواج بالسلطان لذا هما وضعتا خطة وأوقعتا بالعروس الحقيقة.

السلطان:

وماذا حدث لنانوس أين هي ؟

الرجل الحكيم:

عروسك في أمان وهي قريبة منك جدا، أظن أنها مازالت محبوسة في القصر ولكنها في أمان حاليا.

تنهد السلطان ثم طلب من الحكيم أن يدرس الموضوع جيد أو أن يشير عليهم بما يجب فعله.

قال له الحكيم بأن نانوس قد حبست في القصر وهذا أمر جيد فربما لكانت قوة المشعوذة قد مكنتهم في قتلها.

خاف السلطان كثيرا وحنى رأسه وهو حزين.

قالت والدته:

هل نوقف التجهيزات ونلغي الزفاف أو ما العمل؟

الرجل الحكيم:

لا أبدا لا يجب أن تتصرفوا عكس ما يتوقوه بل يجب أن نوهمهم بأننا وقعنا في الفخ لكي لا نؤذي أي طرف من الأطراف وأيضا لكي يلقى عليهم القبض وهم متلبسون.

الوالدة:

إذن نحاول مسايرتهم فقط

الرجل الحكيم:

بل وأكثر من ذلك يجب أن يتم تحقيق كل طلباتهم لأنهم سوف يضعون خطة محكمة ويطلبون الكثير من المطالب.

وسف أبلغكم بأي جديد ولكن يجب أن تتمم استشارتي قبل أي تصرف.

تم إنهاء الاجتماع وبعد ساعة أو ساعتين أشرقت شمس يوم جديد.

لم يذق السلطان طعم النوم في ذلك النوم، فقد كان مشغول الباب عن حبيبته وخطيبته وزوجاه المستقبلية.

وفي اليوم الموالي وما إن حل النهار حتى جاء إلى القصر خادم من بيت السير لوكاس يخبرهم بأن خطيبة السلطان نانوس قد قررت أن تقيم حفل خطوبتها عند أقاربها عائلة السير لوكاس وهي تطلب الاذن بذلك.

أرسل السلطان الموافقة بذلك ولكن بشرط أن يقام حفل الخطوبة بعد ستة ساعات ثم يتم نقل الحفل إلى القصر لكي تتم متابعة الطقوس لإتمام الزواج.

عندما تم إبلاغ بيت السير لوكاس بالأمر أعادت نانوس إرسال الخادم وأبلغت السلطان بأن والدها

مريض وهو يعتذر عن الحضور، ثم أخبرته بأن السير لوكاس سوف يحل محل والدها وانه في مثابة والدها.

تمت الموافقة على كل طلباتها دون نقاش بأمر الشيخ الحكيم.

وهكذا وافق السلطان على إقامة الخطوبة في بيت السير لو كان فأذيع في الناس بأن السلطان قد غير رأيه وبأنه طلب يد ابنة السير لوكاس وهو حاليا يخفي الأمر وسوف يعلنه بعد الزفاف.

تمت إذاعة هذا الخبر في الأقارب والمقربين ولكن سرعان ما وصل إلى القصر لأن السلطان كان قد أخذ حذره من عائلة السير لوكاس فنشر عيونا له بكل المدينة لكي يعرف تحركاتهم وما يفعلونه بالتحديد.

تفاجأ السلطان ووالدته بلباس العروس المزعومة والتي كانت تخفي وجهها عن كل المدعوين وعندما تم السؤال عن زوجة السير لوكاس أخبروا الناس بأنها سافرت لأن أختها مريضة واستعجلتها بزيارتها.

وهكذا تمت إقامة حفل الخطوبة وكلما طلب منها السلطان رؤية وجهها أخبرته بأن يذهب معها إلى مكان منعزل عن الناس لكي يتمكن من رؤيتها.

لقد كان يتأمل تفاصيل وجهها وهو لا يكاد يصدق مدى شبهها بحبيبته نانوس ولكن كان هناك اختلاف واضح في العينين التي كانت عسلية غامقة ولها نظرة قاسية بينما عيني نانوس عسلية صفراء شفافة بريئة تعكس البراءة والطيبة.

سألها السلطان:

هل أنت اليوم بخير؟ هل تحسنت؟

السيدة الشريرة في شكل نانوس:

تحسنت قليلا كح كح

السلطان:

لازلت تسعلين

السيدة الشريرة في شكل نانوس:

نعم قليلا

السلطان:

هل أرسل في طلب طبيب القصر

السيدة الشريرة في شكل نانوس:

لا كح لقد شربت الدواء كح

سوف أصبح أحسن مع حلول المساء كح كح

السلطان:

خذي راحتك إذن

سألها السلطان عن حجر الخاتم الذي سوف يلبسه لها
في الاحتفال بعد قليل فقالت له:

لقد نسيت أمره تماما لأن والدي قد مرض ولم أكن
أريد أن أزعجه.

السلطان:

لقد تذكرت أين هو لكي أراه والقي عليه التحية

السيدة الشريرة في شكل نانوس:

لا لا.. لا يمكنك فعل ذلك انه مريض وهو نائم الآن
يحاول أن يأخذ قسطا من الراحة.

كح كح كح

لقد أوصاه الطبيب بالنوم والراحة

كح كح كح

وافقها السلطان على كلامها ولم يكن يضغط عليها ولكنه كان في داخله كان يريد أن يقطع رأسها لأنه تأكد بأنه ليست حبيبته بل هي زوجة السير لوكاس .

أخبرها بأنه لن يضع خاتما في يدها إلا عندما يتحسن والدها ويعيد لهم الحجر الذي هو ميراث عائلتهم.

بعد الانتهاء من الحفل قرر السير لوكاس أن ترتدي
كل جواري ابنته برنسا ويقمن بتغطية وجوههن لكي
تكون بينهم ابنته ولا ينتبه لها أحد من المدعوين لقد
كان يفكر بدهاء.

وفي القصر أعطي لهم جناح بالكامل لكي يستريحوا
فيه قبل أن يبدأ حفل الزفاف.

ولكن تم زرع بعض العناصر من الخدم والحراس
والجواري التابعين للقصر لكي يأتوا بالأخبار وكلما
يتمكنون من التقاطه.

اخبر الشيخ الحكيم السلطان ووالدته بأنه إذا كانت هذه المرأة قد تقمصت شكل نانوس فإن سحرها ينتهي بعد 24 ساعة.

لقد كان الشيخ الحكيم ملما بنوع السحر الذي تمارسه العجوز العمياء ويعرف كل طرقها وأساليبها.

قرر السلطان أن يلاعب السيدة الشريرة وعندما قال
لها بأنه يريد أن يعقد القران الساعة الثامنة مساء لأنهم
عرفوا بأنه وحسب معلومات الشيخ فهي سوف تفقد
شكلها قرابة منصف الليل.

شعرت السيدة الشريرة بالخوف لأنه لو عقد القران
مبكرا قد يطلب منها أن يذهب معها إلى غرفتهما فيما
يكمل الناس الاحتفال في صالة الرقص في القصر.

فقالت له لا أريد أن يكون متأخرا مثل وقت المفاجأة
الجميلة ليلة البارحة لكي تصبح ذكرى جميلة.

كانت السيدة الشريرة خائفة من رد فعل زوجها الذي طبعا كان ليعترض عن مبالغتها في الخوض في تلك المسألة لدرجة الاختلاء بالسلطان، كما أنها كانت تريد أن لا يرفع الستار عن وجهها إلا قرابة منتصف الليلة.

وجهزت ابنتها لكي تسقيه شرابا يجعله لا يعي ما الذي يفعله فلا يميز وجهها لأنها سوف ترتدي هي فستان الزفاف وتخفي وجهها قبل دخولها إلى الغرفة معه.

لقد كانت الخطة محكمة بالنسبة لهم ولكنها خافت من أن تفشل ابنتها في أداء العمل المطلوب وأرادت أن تجنبها عناء التصرف بذكاء ودهاء بل كانت ابنتها صاحب اللحظة الأخيرة والخطوة الأخيرة في الخطة كلها.

كانت ابنتها من ستحصد النجاح وليست العنصر الرئيسي في الخطة.

استغرب المدعوون أن العروس تخفي وجهها، ولكن السلطانة لم تبدي أي رد فعل لأنها تعلم الحقيقة فتغاضت عن الأمر.

وافق السلطان على طلبها وقرر أن يعقد القران قبيل منتصف الليل ولكنه في الحقيقة أراد أن ينكشف عنها الستار وأراد أن يكشف خداعها فطلب من الجميع أن يحاولوا تأخير المراسيم.

شعرت تلك السيدة التي أخذت استراحة من الحفل وأيضا التي كانت تجهز نفسها وابنتها في الجناح من أجل الزواج بالخوف لأن الوقت بدا يمر والخطة يجب أن تسير كما يجب وإلا قطعت رؤوسهم.

آمر السلطان الوزير بالذهاب إلى بيت السير لوكاس للبحث عن والد نانوس وأمر بقتل كل من يعترض طريقهم.

جاءت إحدى الجواري إلى السلطانة وأخبرتها بأن ابنة السيدة الشريرة بين الجواري وهن يحاولن إخفاءها والتستر عنها.

وأخبرتها بأنها سمعتها تنادي السيدة في شكل نانوس بوالدتي ولكنها سرعان ما نهرتها عن فعل ذلك.

بعد بعض الوقت جاء الحرس بوالد نانوس والقوا القبض على العجوز العمياء التي لم تحضر مع موكب الزفاف وكبلوها، وألقوا بها في السجن فجردها الشيخ الحكيم من القوى التي بقيت تخفيها ففي السابق كان قد منعها والد السلطان من ممارسة السحر.

فألقى هذا الشيخ الحكيم نفسه عليها تعويذة جردتها من قوتها ولكنها وبمرور الزمن طورت من قدراتها واكتسبت قوة هي التي جعلتها تساعد حفيدتها وابنتها في التنكر ومحاولة توريط السلطان بزواج مع عروس مزيفة.

لقد ضعفت ابنتها عندما تم تجريد العجوز العمياء من قواها وأصبحت تشعر بخوف شديد كلما اقترب موعد عقد القران.

عندما اقترب الثانية عشر جاء السلطان إلى الجناح ورافق خطيبته بعد أن قال لها أريد أن ارفع الستار عن وجهك لأراكي وأنت خطيبتي فبعد لحظات سوف تصبحين زوجتي.

كانت قد جهزت ابنتها بنفس الفستان الذي ترتديه وقالت لها بأنها سوف تجعلهم يعقدون القران ثم تطلب منه أن يعطيها بعض الوقت لكي تجهز نفسها في غرفة نومه قبل أن يدخل عليها وذلك مع جواريها فتتبادل معها الأماكن.

ولكن السلطان قد تلاعب بالتوقيت، أمر بعض القادة لجيوشه بمراقبة السير لوكاس لأنه أراد أن يكشف كل اللعبة أمام الملأ.

عندما دخل هو وخطيبته ووالدته التي أرادت أن تلقي نظرة على وجه تلك السيدة المتنكرة في وجه وشكل نانوس قبل أن يكشف عنها الستار.

كان السير لوكاس يستعجل المراسيم لأنه على علم بكل الخطة وخائف من أن يحدث أي شيء فكشف أمرهم، ولكن السلطان كان ذكي وأيضا والدته التي ألقت كلمة لكي يتأخر الوقت ثم طلبت من السلطان أن يراقص خطيبته لكي يتم عقد القران بعد الانتهاء من الرقصة مباشرة.

أخبرته خطيبته بأنها لا ترغب بالرقص ثم قالت له بأنها تفضل أن يعقدوا القران الآن.

قال لها:

أعلم يا حبيبتي بأنك ربما مريضة قليلا ولكن لا يمكننا عصيان أمر السلطانة، وخاصة أن هذا هو أول طلب تطلبه منا معا.

السيدة الشريرة في شكل نانوس:

كح كح لازلت مريضة أظن أنني لست على ما يرام

السلطان:

سوف نرقص قليلا فقط

السيدة الشريرة في شكل نانوس:

قليلا فقط

هل اقتربت الساعة الثانية عشر؟

ولكن أين هي الساعة الكبيرة التي كانت هناك على الجدار

السلطان:

هيا نرقص يا حبيبتي

لا تهتمي بالوقت لطالما أننا معا

أخذ السلطان حبيبته من يدها ودخل ساحة الرقص وبدأت الفرقة الموسيقية العزف، تحججت السيدة في شكل نانوس بأنها لا تجيد الرقص وذلك لكي تسرع أمر عقد القران قبل أن يتبدل وجهها وشكلها وتفقد صورتها التنكرية.

ولكنها السلطان قال لها اتبعي حركاتي ولا تهتمي لأي أمر آخر.

كانت الرقصة جميلة وانسيابية ورغم ذلك فإن الجميع قد انبسط بتلك الرقصة لذلك الثنائي رغم أن العروس كانت تخفي وجهها بالستار الذي تضعه.

في لحظة واحدة توقف السلطان عن الرقص وأمر الفرقة بالتوقف عن العزف وذلك لن وزيره كان قد أشار له بإشارة خفية.

أفلت سلطان المدينة يد خطيبته وقد لاحظ بأنها تغيرت بينما لم تلاحظ هي ذلك، ثم قال كلمة للمدعوين وقال فيها:

بعد أن تجاوزت الساعة الثانية عشر أريد أن اظهر لكم وجه خطيبتي.

في تلك اللحظة حاول السير لوكاس الهرب ولكن الحراس ألقوا القبض عليه وقيدوه بينما لم تدر تلك السيدة الشريرة ما يمكن فعله.

أزال السلطان ستار الوجه عن تلك السيدة بينما هي مقيدة لا حيلة بيدها للهرب وقال لهم هل رأيتم أنها زوجة السير لوكاس تدعي بأنها حبيبتي بعد أن قامت بخداعها هي أيضا واختطاف والدها

قال السير لوكاس:

أنا لا دخل لي

أنا لم اعرف مالذي كانت تفعله زوجتي، سامحني يا سيدي أنا غير مسئول.

في تلك اللحظة دخل والد نانوس وقال:

مولاي السلطان لقد قام هذا الرجل باختطافي ولا أعلم ما فعل بأولادي.

قال السلطان:

لقد تم إلقاء القبض على كل المتورطين وسوف ينال كل واحد جزاءه.

ثم إلتفت إلى والد نانوس وقال له:

لا تقلق يا عمي أن ابنك الصغير في القصر وهو بخير.

أصبحت تلك السيدة في فستان الزفاف تتوسل وتطلب نيل الشفقة والرحمة لكي لا تتم تنفيذ أقصى العقوبات عليها.

كان السلطان يسألها:

أين هي حبيبتي؟

فقد كان هذا هو كل همه، كان يريد أن يعرف أين هي خطيبته.

في تلك اللحظة دخل الطفل الصغير أخ نانوس وقال لقد عادت أختي ثم عندما رأى والده سارع إليه لكي يعانقه وهو يبكي فسأله والده وقال:

عادت نانوس أين هي؟

فقال الطفل وهو يذرف الدموع: (وقد كان برفقة المربية)

نعم لقد عادت.

لقد كانت تلك الحمامة نائمة على السرير وفجأة لمع شعاع وضوء منها وملأ كل الغرفة وعندما صرخت

دخلت المربية وقد رأت ما رأيت، لقد تحولت الحمامة إلى أختي نانوس وهي مريضة.

لم يصدق الجميع ما سمعت آذانهم، فسارع السلطان ووالدته إلى غرفة نوم السلطان ليجدوا بأن نانوس هناك بالفعل نائمة على السرير بحلتها يوم أمس بفستانها ونفس تسريحة شعرها الذهبي الطويل المموج على الوسادة.

لقد كان منظرا جميلا بالفعل.

جاء الطبيب الذي طلبه السلطان وقام بمعالجتها.

تم إيداع المجرمين بالسجن لكي ينظر القضاء في جريمتهم وتطاولهم على السلطان بينما ماتت العجوز العمياء من الخوف وقال البعض بأنها تكون قد لجأت لحيلة لكي تموت دون أن تنال العقاب بالحرق لممارسة السحر والشعوذة.

بعد عدة أيام تماثلت نانوس للشفاء وقد أقامت بغرفة السلطان بينما انتقل هو إلى غرفة أخرى حتى يتم عقد القران، وأقام والدها وأخاها بالقصر أيضا.

بعد أيام أقيم حفل الزفاف كما يجب وكما يليق بسلطان المدينة وحبيبة قلبه نانوس.

واستمرت الأفراح والاحتفالات لعدة أيام وكل المدينة تلبس ثوبا بهيجا.

Sommaire

www.ingramcontent.com/pod-product-compliance
Lightning Source LLC
Chambersburg PA
CBHW031317160726
47993CB00001B/438